Les m.rs des choeurs en habit de velours cerise brodés en argent avec cuirasses

toutes les demoiselles des choeurs en habit de velours brodés en argent

pour le 2.e acte 24 comparses avec les habits des druides

soldats Romains — pour detruire la forest

4 officiers et — 48 soldats armés de haches

sur les dernieres de l'ouverture au crescendo lever la toile

SABINUS,

TRAGÉDIE-LYRIQUE.

ACTE PREMIER.

Le Théâtre représente une Place publique.

SCÈNE PREMIÈRE.

SABINUS, NATALIS.

SABINUS.

AMI, voici le jour le plus beau de ma vie,
Je vais voir Epponine à mes destins unie.
Puisse ce jour marqué par les plaisirs,
S'embellir encor par la gloire,
Et présenter à mes desirs
Les dons brillans de la Victoire.

NATALIS.

De ce difcours, que dois-je croire?
Sabinus! quels font vos deffeins?

SABINUS.

D'affranchir la Gaule affervie,
De rendre fon pouvoir redoutable aux Romains.
Mucien nous commande & fert leur tyrannie,
Ou plutôt de Céfar Miniftre impérieux,
De l'intérêt public il couvre fa vengeance:
Dès longtems Epponine a rejeté fes vœux;
Son amour en gémit, fon orgueil s'en offenfe:
Il punit par nos maux le mépris de fes feux.
Que je le hais!

NATALIS.

Forcés votre haîne au filence,
Au pouvoir des Romains gardés-vous d'infulter.

SABINUS.

Céfar fut mon ayeul; Céfar fut les dompter.

Te le dirai-je enfin ? Un ſonge me tourmente,
Son image, à toute heure, en tous lieux m'eſt préſente.

RÉCIT ACCOMPAGNÉ.

Aux douceurs du ſommeil, ami, j'étois livré ;
Soudain à mes yeux s'eſt montré,
Des Gaulois le Dieu tutélaire,
Triſte, pâle, défiguré,
Couvert de cendre & de pouſſière.
Ses rayons pâliſſans s'éteignoient ſur ſon front :
Il ſoulevoit ſes fers ; il pleuroit ſon affront.
A ſes accens funèbres,
A ſes lugubres cris,
Du ſéjour des ténèbres,
Mes ayeux ſont ſortis.
J'ai vu leur troupe conjurée
Me ſaiſir, m'entraîner dans d'horribles cachots :
Là, promenant ma vûe incertaine, égarée,
Je me ſuis trouvé ſeul au milieu des tombeaux.

AIR.

Rempli de cette noire image,
Le trouble eſt encor dans mon cœur,
La honte ajoute à mon courage,
Mon courage devient fureur.

Epponine, amante chérie,
Du doux ſentiment qui nous lie,
Je te dois un juſte retour;
La liberté de ta patrie
Sera le prix de ton amour.

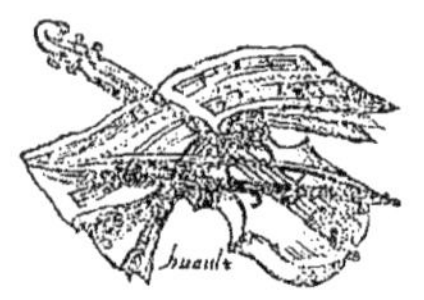

SCÈNE SECONDE.

LES MÊMES, EPPONINE; CHŒUR DES DIFFÉRENS PEUPLES DE LA GAULE.

CHŒUR, *derrière le Théâtre.*

OÚ sont-ils ces heureux Époux?
Que notre œil enchanté les voie;
  Déjà leur douce joie
  A passé jusqu'à nous.

Où sont-ils ces heureux Époux?

apres 34 mesures du cho[eur] derriere le teatre les cha[...] entrent sur la scene et Epponine un peu apres

EPPONINE, *entrant en même tems que le Chœur, mais par un autre côté.*

Le voilà, ce Héros que vous voulés connoître;
Le voilà, ce Mortel si digne d'être aimé;
Par les transports qu'en vous notre Hymen a fait naître;
Jugés de quels transports mon cœur est animé.

SABINUS.

Epponine, ô momens de la plus douce
ivresse !

la danse entre sur l'annonce — Chantés, Peuples, chantés; +

Que vos jeux, que votre allégresse
Ajoutent, s'il se peut, à nos félicités.

air a 2 temps — *(On danse. Les différens Peuples viennent offrir leurs présens.)* +

FAUSTINE. et le chœur

Tout ce qui plaît dans la nature
A la beauté sert de parure.

Tant de trésors semés
Sur la terre & dans l'onde,
Pour elle sont formés :
Elle est Reine du monde. fin

Que ces dons soient votre partage,
L'Amour vous les a consacrés.
Si vous daignés en faire usage,
C'est vous qui les embellirés.
~~tout~~ ce qui plait &c..

air gracieux a 3 temps *(On danse. La danse est interrompue par l'arrivée d'ARBATE.)*

pas de six

3 gavottes legeres

3 tambourins dont le 3me est interompu par arbate qui ~~entre~~ sur 4 mesures de prelude

SCÈNE TROISIÈME.

LES MÊMES, ARBATE.

ARBATE.

ARRÊTÉS : Mucien ne veut pas qu'on achève
Les Fêtes qu'à l'Amour on consacre aujourd'hui ;
Le nom de Sabinus doit périr avec lui :
N'espérés pas qu'un jour il se relève ;
S'il osoit y penser, qu'il apprenne son sort :
Sur l'Amante à ses jours unie,
Son audace sera punie ;
En prenant une Épouse, il lui donne la mort.

SABINUS.

Ciel !

ARBATE.

Mucien s'avance, il va bientôt paraître ;
Sujets, tremblés d'irriter votre Maître.

(*Il sort.*)

SCÈNE QUATRIÈME.

EPPONINE, SABINUS, CHŒUR.

SABINUS.

A quels affronts, grand Dieu, je me vois condamner!

EPPONINE.

Cet ordre d'un Tyran doit-il nous étonner?

SABINUS.

Il eſt affreux, il nous ſépare.

EPPONINE.

Il nous ſépare! Eh quoi! ſans l'aveu d'un barbare,
Ni mon cœur, ni ma main n'oſeront ſe donner?

SABINUS.

Que dis-tu? quel tranſport t'anime?
Voudrois-tu des Romains te rendre la victime?

EPPONINE.

EPPONINE.

Aux yeux de ton rival jaloux,
Je veux te nommer mon Époux.

SABINUS.

Epponine, ô grandeur! ô courage ſublime!
Un ſentiment ſi magnanime
Efface mes affronts, & les répare tous.

DUO.

EPPONINE.

Achevons notre Hymen.

SABINUS.

Je ne puis.

EPPONINE.

Qui t'arrête?

SABINUS.

Ton péril.

EPPONINE.

Il n'eſt rien.

SABINUS.

Pour toi la mort s'apprête.

EPPONINE.

Contre elle de ton bras n'ai-je pas le ſecours?

SABINUS.

Laiſſe-moi te ſervir ſans craindre pour tes jours,
Si Mucien, ô ciel! je tremble,
Si Mucien étoit vainqueur.

EPPONINE.

En nous voyant mourir enſemble
Il envieroit notre bonheur.

ENSEMBLE.

Puiſſant Maître du monde,
Que ton bras nous ſeconde.
L'amour qui nous unit mérite ta faveur.

EPPONINE.

Ne différons pas davantage.
J'en attefte le Ciel, je te donne ma foi,
Ofe la refufer.

SABINUS, *après un moment de réflexion.*

Hé bien! je la reçoi.
Peuples, voyés à quoi cet Hymen vous engage.

Les chœurs en s'avançant

CHŒUR.

Nous périrons pour la fauver.

SABINUS.

Contre la tyrannie ofés vous foulever;
Entre nos Citoyens choififfés vous un Maître.

CHŒUR.

Sabinus, c'eft à vous de l'être. en action

SABINUS.

J'accepte avec tranſport cet honneur éclatant,
Et pour le mériter, je vole à la victoire.
De ce règne naiſſant,
Que le premier inſtant
Soit marqué par la gloire.

Élève ta voix,
Trompette brillante ;
Dans l'âme des Gaulois,
Répands l'ardeur bouillante
Des plus nobles exploits.

annonce de trompette de 4 mesures suivie de la pantomime danse

(*La Trompette ſe fait entendre ; appellés par ſes ſons, trois jeunes Gaulois s'échappent des bras de leurs Maîtreſſes, qui arrivent après eux, étonnées de leur fuite, & diſpoſées à les retenir par leurs ſéductions & par leurs careſſes. Les jeunes Gaulois y cèdent un moment, mais la Trompette les rappelle à leur devoir, & ils briſent les Guirlandes de Fleurs dont ils ſont couverts. Leurs Maîtreſſes partagent elles-mêmes cet enthouſiaſme guerrier ; & ce ſont elles qui arment leurs Amans.*)

(*DANSE Générale des Gaulois préludans aux Combats.*)

CHŒUR, SABINUS, EPPONINE.

Sortons d'esclavage,
Que notre courage
Nous rende l'usage
Des biens qu'on ose nous ravir.

SABINUS.

C'est la Beauté qu'il faut servir.

EPPONINE.

C'est un Tyran qu'il faut punir.

TOUS DEUX.

A combattre tout vous engage.

CHŒUR.

Sortons d'esclavage,
Que notre courage
Nous rende l'usage
Des biens qu'on ose nous ravir.

(EPPONINE arme *son Époux, & l'embrasse; l'Acte finit par une marche guerrière.*)

un des danseurs donne a Epponine L'epee dont elle arme Sabinus a la fin du choeur

FIN DU PREMIER ACTE.

L'acte finit par une marche guerriere qui sert d'entr'acte et qui doit se repeter pour donner le tems aux choeurs de ~~changer d'habit~~ prendre les habits de Bergers et Bergeres

pour e Charlemagne, seigneurs de sa cour groupés autour du throne, 60 autres comparses ~~[illegible]~~ soldats

parmis les soldats une partie porteront des drapeaux, des trophees et autres attribus de guerre comme espontons &c.

ACTE SECOND.

(Le Théâtre représente la Forêt sacrée, habitée par les DRUIDES. *Un Autel est au milieu, & sur l'un des côtés, un autre fermé par des Portes d'Airain.)*

SCÈNE PREMIÈRE.

EPPONINE, FAUSTINE.

~~apres~~ un prelude de 8 mesures Epponine et faustine entrent

EPPONINE.

VOICI cette forêt aux mortels redoutable,
Séjour antique & vénérable,
Par nos Druides habité,
Temple (*a*) que la Nature,
De sa main libre & pure
Fonda pour la Divinité;

faire placer les 24 comparses en druides au fond du theatre pour paroître a la scene 3me et 52 comparses ~~pour~~ ~~les~~ en soldats romains armés de haches pour entrer ~~a la suite~~ avec ~~de~~ Mucien a la scene 4me par ~~l'un des~~ cotés du teatre

(*a*) Les Gaulois n'avoient point d'autre Temple.

Et qui toujours exempt d'outrages,
Et du tems même respecté,
En voyant s'écouler les âges,
Voit accroître Sa Majesté.
Ici de mon destin je vais être informée.

FAUSTINE.

Princesse, à peine je conçois
Le trouble extrême où je vous vois.
Votre âme à la terreur fut si longtems fermée;
Qu'avés-vous donc appris qui vous force à trembler?

EPPONINE.

AIR.

Près de l'objet de ma tendresse,
Nul effroi n'a pu me troubler;
Mon âme exempte de foiblesse
S'efforçoit de lui ressembler.

Lorsque le péril l'environne,
Mes sentimens ont dû changer.
Je ne vois plus que son danger,
Et mon courage m'abandonne.

FAUSTINE.

FAUSTINE.

Vous craignés ſes dangers ; les vôtres ſont plus grands :
L'injuſtice de nos Tyrans,
De vos jours trop heureux a proſcrit la durée,
Un décret menaçant vous condamne à la mort.

EPPONINE.

Eh ! dois-je en ce moment m'occuper de mon ſort ?
Vas, que mon Époux vive, & je ſuis raſſurée.

(*On entend une Symphonie Champêtre.*)

8 mesures d'annonce

Mais j'entends des Bergers les naïves chanſons ;
Qui peut les inviter à former ces doux ſons ?

8 mesures de prelude sur lesquelles les choeurs et la danse entrent Le Berger chantant entre aussi

SCÈNE SECONDE.

EPPONINE, Bergers.

CHŒUR.

LA guerre a troublé nos aſiles ;
En des lieux plus tranquiles,
Nous cherchons le repos.

EPPONINE.

Ce n'eſt point près de moi que le repos habite ;
Le trouble qui m'agite,
Me cauſe plus de maux
Qu'au ſein de vos hameaux,
La guerre n'en excite.
Bergers, que nos deſtins, hélas, ſont différens !
Vous ne craignés que pour vos champs,
Pour ces riches tributs que vos mains font éclore :
Je tremble pour les jours d'un Héros que j'adore.

UN BERGER.

Occupons-nous à charmer ſa douleur,
Ramenons, s'il ſe peut, le calme dans ſon cœur.

(Tandis qu'on danſe autour d'elle, LE CHŒUR *chante.)*

une gavotte danſée, et chantée par le berger et le chœur

Chœur

Que l'eſpérance eſt douce au cœur des malheureux ;
Elle écarte les maux qui s'offrent devant eux.
Compagne de l'Amour, Eſpérance ſi chere,
Deſcends du haut des Cieux,
Fais briller à ſes yeux
Ta plus douce lumiere,
Et ſans tromper ſon cœur, flatte aujourd'hui ſes vœux.

(On danſe. Des Vieillards lui amènent leurs enfans.)

deux airs de vieillards et on reprend le ronde du premier

une gigue

Le grand Druide et la suite entrent sur 6 mesures de prelude par le fond du theatre

SCÈNE TROISIÈME.

LES MÊMES; DRUIDES.

LE GRAND DRUIDE.

NOUS accourons du fond de nos sombres déserts,
Des présages affreux ont paru dans les airs,
La colère du Ciel contre nous se déclare.

EPPONINE.

Cher Sabinus!

CHŒUR.

Pour nous quel destin se prépare?

LE GRAND DRUIDE, *le gui de chêne à la main.*

Rameau mysterieux qui, né dans ces forêts,
Nous fis d'un Dieu propice attendre les bienfaits,
Trahirois-tu notre espérance?
Fléchissons les Cieux irrités;
De nos solennités
Que la pompe commence.

(*Marche des* DRUIDES *autour de l'autel en le saluant.*)

sur 20 mesures de marche lente les druides vont a lautel en ceremonie

bon

Que le Maître de la Nature,
Sur notre péril consulté,
Fasse sortir la vérité
Du fond de cette grotte obscure.

(*Il touche la porte de l'antre avec le gui de chêne; la porte s'ouvre, le* DRUIDE *s'enfonce dans l'antre; la porte se referme.*)

(*Bruit souterrein.*)

EPPONINE.

De tout ce que j'entens, que mon cœur est troublé!
Tout m'épouvante, hélas! Et rien ne me rassure.

(*Bruit souterrein.*)

EPPONINE.

O Ciel! Le bruit a redoublé.

CHŒUR.

Dieu! détourne un si triste augure.

(*Le* DRUIDE *sort de l'antre, échevelé, hors de lui.*)

LE DRUIDE.

Les Romains sont vainqueurs; c'en est fait, tout périt;
Tombons aux pieds du Dieu qui nous punit.

Les portes de l'antre s'ouvrent et se referment dès que le druide y est entré

Le druide sort de l'antre sur une simphonie de 8 mesures

(Tous tombent prosternés; le DRUIDE *seul reste debout, le gui de chêne à la main.)*

EPPONINE, CHŒUR *à voix basse.*

Arbitre des combats,
Protège ces climats.

EPPONINE.

Pour l'Époux que j'adore,
Ma triste voix t'implore.

CHŒUR.

Arbitre des combats,
Protège ces climats;
Les seuls où tu permets encore,
Que d'un culte pur on t'honore.

(On entend une Simphonie Guerriere.)

LE DRUIDE.

Le Ciel a rejeté nos vœux,
Le Vainqueur marche vers ces lieux;
Puissions nous appaiser la fureur qui l'inspire.

EPPONINE.

Du sort de Sabinus, Ciel! qui pourra m'instruire?

(Elle sort.)

pendant la simphonie guerriere de 28 mesures tous les gaulois, Druides, et bergers se rangent sur le cotés du teatre par ou Epponine est sortie, mucien et sa suite s'empare de l'autre coté

SCÈNE QUATRIÈME

MUCIEN, CHŒUR DE SOLDATS armés de Haches; DRUIDES ET BERGERS. Arbate

on entend une symphonie guerriere

sur ladite simphonie guerriere de 28 mesures les trompettes en soldats romains entrent vivement mucien et arbate entrent les derniers a la fin de la simphonie

MUCIEN.

Qu'on arrête Epponine, obeissez soldats

SOLDATS obeissés: vengés-moi, vengés-vous
Des Dieux que leur audace invoquoit contre nous:
Ravagés ces forêts tranquiles,
Détruisés leur culte odieux,
Que les Druides & leurs Dieux,
Sur la terre n'aient plus d'asyles.

soldats tent pour executer l'ordre de Mucien

CHŒUR.

(*Ils arrêtent le bras des Romains prêts a tout renverser.*)

Arrêtés, suspendés vos coups.

MUCIEN

Non, frappés, servés mon courroux.

SCÈNE CINQUIÈME.

LES MÊMES, ARBATE.

ARBATE.

EPPONINE, Seigneur, en vos mains
est remise,
Déjà loin de ces lieux dans sa fuite surprise,
Elle alloit se rejoindre à l'objet de ses vœux.

MUCIEN.

Que ce nouvel affront m'offense & m'hu-
milie !
Quand je suis maître de sa vie,
La cruelle outrage mes feux :
Sa tendresse préfere
Le destin d'un proscrit,
Que ma fureur punit,
Au destin éclatant que je voulois lui faire !
Qui retient ma fureur ? Immolons à la fois
Tout ce qui dans ces lieux ose enfreindre
mes loix.

Ravagé

Ravagés ces forêts tranquiles,
Détruiſés un culte odieux,
Que les Druides & leurs Dieux
Sur la terre n'aient plus d'aſyles.

CHŒUR.

Arrêtés, ſuſpendés vos coups.

choeurs en attitude de supplians vers Mucien

MUCIEN.

Non, frappés, ſervés mon courroux;
Il faut que le crime s'expie.

Les conjurés de la suite de Mucien detruisent la forêt a coups de haches

CHŒUR.

Dieu des Gaulois tu nous trahis.

MUCIEN.

Votre Dieu n'entend point vos cris,
Son bras vous livre à ma furie.

CHŒUR.

Arrêtés, ſuſpendés vos coups.

MUCIEN.

Non, frappés, ſervés mon courroux;
Il faut que le crime s'expie.

CHŒUR.

Ciel! ces bois ſacrés ſont détruits.

MUCIEN.

Lâches, de votre perſidie
Vous receuillés les juſtes fruits.

tous sortent en désordre sur la simphonie qui finit le chœur

(*La Forêt eſt abattue, l'Autel renverſé, les Gaulois s'enfuient en déſordre.*)

FIN DU SECOND ACTE.

Messieurs des chœurs vont prendre les habits des nobles d'Ismenor. toutes les demoiselles idem

les 4 officiers & 3 sold[illegible] on resteront avec leurs habits du 2e acte pour le 4me
faire habiller 24 soldats comparses habit en esprit du feu pour le 4me acte

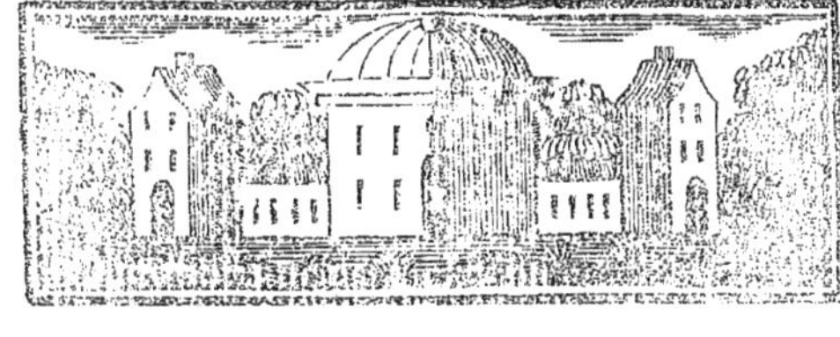

ACTE TROISIEME.

Solitude affreuse, Rochers, Précipices.

SCÈNE PREMIÈRE.

SABINUS.

RECIT *obligé.*

Sabinus arrive sur la fin d'une rittournelle de 36 mesures

Songer a faire placer au fond du teatre derriere la ferme les comparses representant charlemagne sur son trone environné de sa cour formée en partie par les choeurs

Où fuir ? quel antre solitaire
M'ouvrira de son sein la ténébreuse horreur ?
Dans les abymes de la terre
Ne puis-je ensevelir ma honte & ma douleur ?

Épponine, un Tyran te tient en sa puissance,
Un décret odieux te livre à sa vengeance....

Malheureux que je ſuis !
Voilà de notre Hymen les déplorables fruits.
Ai-je dû conſentir à cet Hymen horrible ?
Ai-je dû la punir, hélas ?
D'avoir une âme trop ſenſible,
Et qui put, en m'aimant, affronter le trépas ?

Épponine, un Tyran eſt maître de ta vie,
Et la main d'un Époux te livre à ſa furie !
Mais dois-je apprehender le courroux du Vainqueur ?
Pour un objet aimé l'on a moins de rigueur.

Il l'aime ! ô honte ! ô ſupplice !
Quoi ! de l'amour d'un rival
Il faut que mon amour aujourd'hui s'applaudiſſe ?
Eh ! ſi de ce rival la barbare injuſtice
Exécutoit l'arrêt fatal ?

AIR.

Dieux ! ma raiſon s'égare.
De mes ſens éperdus
Un trouble affreux s'empare ;
Je ne me connois plus.

Quel ſpectacle s'apprête ?
Pour qui ſont ces flambeaux ?
Au fer de ces bourreaux
Qui doit offrir ſa tête ?

C'eſt elle, je la voi ;
Une foule inhumaine
Au ſupplice l'entraîne,
Elle périt pour moi.

Dieux ! ma raiſon s'égare.
De mes ſens éperdus
Un trouble affreux s'empare ;
Je ne me connois plus.

Natalis entre vivement sur la finale de 9 mesures qui termine le monologue

SCÈNE SECONDE.

natalis entre vivement sur la finale de la simphonie qui finit le monologue

SABINUS, NATALIS.

SABINUS.

NATALIS, que viens-tu m'apprendre ?
Quel ſera ſon deſtin ? dis, qu'a ton reſolu ?
Mon déſeſpoir a tout prévu,
Parle, ami, je puis tout entendre !

NATALIS.

Seigneur ne ſongés plus qu'à venger vos malheurs.

SABINUS.

Eſt-ce de ſon trépas qu'il faut que je me venge ?

NATALIS.

Eh ! ne ſavés-vous pas qu'un arrêt...

SABINUS.

Ciel ! qu'entends-je ?
L'arrêt s'eſt accompli ; c'en eſt fait, je me meurs.

NATALIS.

C'eſt cette nuit qu'une main homicide
Va terminer ſon ſort.

SABINUS.

Elle vit; ah! courons l'arracher à la mort.

DUO.

SABINUS.

Cherchons cet ennemi perfide.

NATALIS.

Redoutés plutôt ſon couroux.

SABINUS.

C'eſt de mon ſang qu'il eſt avide,
Je vais me livrer à ſes coups.

NATALIS.	ENSEMBLE.	SABINUS.
Arrêtés, arrêtés, qu'oſés-vous entreprendre?		Laiſſés-moi, je ne puis, je ne veux rien entendre.

NATALIS.

Vos jours ſont notre bien,
Vos périls ſont les notres.

preparer la trappe pour faire sortir le genie et l'ouvrir pendant le duo

SABINUS.

Son péril eſt le mien
Je n'en connois point d'autres.

NATALIS.	ENSEMBL.	SABINUS.
Arrêtés, arrêtés, qu'oſés-vous entreprendre.		Laiſſés-moi, je ne puis; je ne veux rien entendre.

(*~~Le jour s'obſcurcit~~, le tonnerre gronde.*)

après le duo sur 4 mesures de simphonie le tonnerre gronde

NATALIS.

Vous n'irés point ; le Ciel s'oppoſe à ce deſſein.

SABINUS.

L'Amour & m'inſpire & m'éclaire,
C'eſt un oracle plus certain
Que les vains éclats du tonnerre.

(*Il veut ſortir, la foudre tombe à ſes pieds, il recule : le* GÉNIE *de la Gaule paroît devant lui.*)

Le tonnerre tombe sur une simphonie de huit mesures et sur la fin de cette simphonie monter promptement la trappe du genie

SCÈNE

SCÈNE TROISIÈME.

LE GÉNIE DE LA GAULE, SABINUS.

LE GÉNIE.

DEMEURE, & reconnois ma voix,
Reconnois ce Génie,
Ce Dieu de ta Patrie,
Qui dans l'ombre des nuits t'a parlé tant de fois;
Ton épouse vivra, rassure ta tendresse;
Elle vivra, le Ciel t'en est garant.

SABINUS.

Que son courroux sur moi se déchaîne à-présent,
Je suis heureux par ta promesse.

LE GÉNIE

Descends dans les tombeaux qu'ont bâtis tes Ayeux;
Des Cieux telle est sur toi la volonté suprême,

Cache ton fort à tous les yeux,
Fais pleurer ton trépas à ton époufe même.

SABINUS.

Dieux cruels, Je pourrois...

LE GÉNIE.

Il le faut, obéis;
De ta foumiffion fes jours feront le prix.
Pour mieux affermir ton courage,
Je vais te préfenter l'image
Des fiécles de grandeur qui m'ont été promis.

(*Le fond du Théâtre s'ouvre, on voit Charlemagne fur fon Trône, entouré des Peuples de l'Empire.*)

sur une simphonie grave de 19 mesures la ferme descend on fait le salut des armes devant Charlemagne et les choeurs s'avancent a leur place ordinaire

CHŒUR.

Que tout célèbre les exploits
D'un Roi que l'Occident révère;
Par le droit de la guerre,
Charle a foumis les Rois;
La moitié de la terre
Obéit à fes loix.

LE GÉNIE.

Tu vois de la triſte Italie
L'orgueil humilié devant tes deſcendans ;
Par la main des beaux Arts vois la France
embellie,
Voi fixer dans ſon ſein les plaiſirs renaiſ-
ſans.
Déſerts diſparoiſſés. — D'une Fête brillante,
Que la pompe éclatante
Retrace les loiſirs
De ce Peuple charmant, & né pour les
plaiſirs. ——————

Le changement de decoration

(Le Théâtre change, & repréſente une Salle richement décorée & préparée pour des Fêtes.)

la danse entre sur une passacaille avec la femme etrangere chantant un air anglois a 3 temps

(ON DANSE.)

QUADRILLES *de toutes les Nations de l'Europe attirées aux Fêtes de la France.*

UNE FEMME ÉTRANGERE. avec le chœur

France, ſéjour rempli d'attraits,
Sous tes loix que n'ai-je pû naître ?
Qui peut te voir & te connoître,
Voudroit ne te quitter jamais.

La Beauté par-tout accueillie,
Se plaît sur-tout dans ces climats :
Si-tôt qu'elle y porte ses pas,
Elle se dit : « c'est ma Patrie ».

France, &c.

Les Graces, qu'ailleurs on ignore,
En foule ici s'offrent aux yeux :
Arrive-t'on Belle en ces lieux ?
On y devient plus belle encore.

France, &c.

air Espagnol a 2 temps grave
gavotte legere angloise
chaconne

(On danse.)

LE GÉNIE.

C'est assés, pars ; caché dans le sein des tombeaux ;
Attends le jour de la vengeance.

tous les peuples se retirent excepté Sabinus

SABINUS.

J'obéis Dieu puissant : l'Amour & l'Espérance
M'aident à supporter mes maux.

FIN DU TROISIÉME ACTE.

compars pour a a par
de Mucien 8 officier 84 soldats
parti de Sabinus 8 officiers et 96 soldats
les demoiselles yront prendre leurs habits du 1er acte avec des voiles noirs par dessus pour 5me acte
les messieurs des choeurs restent avec les memes habits pour chanter le choeur de la 3 scene dans les coulisses

ACTE QUATRIÈME.

Vûe extérieure du Palais de Sabinus où est la sépulture de ses ancêtres. De distance en distance on voit les pyramides sépulchrales ; toute cette enceinte est fermée par des murailles.

SCÈNE PREMIÈRE.

MUCIEN, SUITE NOMBREUSE DE SOLDATS.

sur la fin d'une ritournelle de 23 mesures mucien entre precedé de quatres officiers et 30 soldats compars

MUCIEN.

AIR.

TRISTE recours des cœurs jaloux,
Plaisir affreux de la vengeance
Console-moi des biens plus doux,
Des biens dont je pers l'espérance.

O ! toi, qui m'as trop irrité,
De tes mépris, de ta fierté,
Reçois la juste récompense,
Et que l'orgueil de la Beauté
S'abaisse devant ma puissance.

Mais quel objet pour un Amant ?
Je verrai donc couler ses larmes ? . .
Elle a joui de mon tourment,
Le sien aura pour moi des charmes.

Triste recours des cœurs jaloux,
Plaisir affreux de la vengeance,
Console-moi des biens plus doux ;
Des biens dont je pers l'espérance.

sur les dernieres des 5 mesures de ritournelle qui terminent le monologue Epponine entre

SCÈNE DEUXIÈME.

MUCIEN, EPPONINE,
SOLDATS.

MUCIEN.

PRINCESSE, Sabinus ne peut longtems encore
Se dérober au bras qui le pourſuit.
Mais ſon ſalut dépend de ce cœur qui l'adore,
Tirés-le de l'abyme où vous l'avés conduit.

EPPONINE.

Eh! que peuvent pour lui mes ſoupirs & mes larmes?

MUCIEN.

Il reſte à votre amour de plus puiſſantes armes.

EPPONINE.

Je pourrois... Ah! Seigneur, que faut-il? achevés.

MUCIEN.

Briſés vos nœuds, Princeſſe, & ſes jours ſont ſauvés.

EPPONINE.

O Ciel ! moi les briser ! l'esperes - tu barbare ?

MUCIEN

Le divorce ou la mort aujourd'hui vous sépare.

EPPONINE.

C'est la mort que je veux.

MUCIEN.

Non, ne l'espérés pas.
Vous vivrés, vous serés témoin de son trépas.

EPPONINE.

Ah ! ma mort de bien près suivra du moins la sienne
Il n'est plus après lui de nœud qui me retienne.
Tyran, tu peux sur nous exercer tes fureurs ;

Sur

Sur son corps tout sanglant commande que j'expire :
Mais tant qu'il voit le jour, & tant que je respire,
Tu ne peux séparer nos destins & nos cœurs.

MUCIEN.

Eh bien ! de ce courage éprouvons la constance.
Votre Epoux est dans ce Palais
Et son sort est en ma puissance.
Soldats.. ———— mouvement des quatre officiers qui s'avancent d'un pas vers Mucien

EPPONINE.

Que dites-vous ? ô Ciel ! quoi ! je verrois...
Ah ! Seigneur, pardonnés au discours téméraire
Qu'un courroux indiscret osa vous adresser.
La plainte aux malheureux n'est que trop ordinaire ;
La douleur est injuste, & ne sait qu'offenser.

AIR.

Non, vous ne voulés pas que ce Héros périsse;
Tant d'injustice,
Tant de rigueur
Ne peut entrer dans votre cœur;
Non, vous ne voulés pas que ce Héros périsse.
Vous avés vanté sa valeur;
A ses vertus, à son malheur
Vous tendrés une main propice:
Non, vous ne voulés pas que ce Héros périsse.

SCÈNE TROISIÈME.

LES MÊMES, CHŒUR, ARBATE.

CHŒUR, *dans l'intérieur du Palais.*

PAR la flâme & le fer que ces murs ſoient détruits.

(*On voit des flâmes s'élever.*)

MUCIEN.

Que m'annoncent ſes cris ?

EPPONINE.

Dieux, ſauvés ce que j'aime.

ARBATE, *à* MUCIEN.

Votre ennemi prévient votre courroux.
Il va ſous ces remparts s'enſevelir lui-même.

EPPONINE, *aux genoux de* MUCIEN.

Seigneur, ayés pitié de ma douleur extrême;
Sauvés les jours de mon Époux,
Les miens vous ſont ſoumis, & ma vie eſt à vous.

MUCIEN.

Je vole à ſon ſecours.

(*Il ſort ; tout le monde le ſuit.*)

SCÈNE QUATRIÈME.

EPPONINE, CHŒUR, *derriere le Théâtre.*

EPPONINE.

A Peine je respire....
Tous mes sens affoiblis... Je succombe...
J'expire.

(Elle tombe évanouie.)

elle s'evanouit du coté de la Reine entre la 2e et 3e coulisse

CHŒUR, *dans l'intérieur du Palais.*

Par la flâme, & le fer que ces murs soient détruits,
Ne laissons en ces lieux que d'horribles débris;
Que le feu de la foudre
Tombe, & réduise en poudre
Ces remparts que du Ciel la colère a proscrits.

Le choeur reprend tout entier dans les coulisse du coté du Roi pendant ce choeur le genie descend, la pluie de feu tombe et la destruction du palais se fait [on] voit l'hotel et l'urne et l'inscription

(Une pluie de feu tombe sur le Palais. Le GÉNIE de la Gaule traverse les airs sur un nuage enflammé; il tient un flambeau dans ses mains; il le secoue au-dessus des murailles & elles s'écroulent; les esprits du feu qui ont allumé l'incendie, armés de flambeaux achevent la destruction du Palais & disparoissent ensuite. L'incendie cesse; on voit parmi les ruines & les débris, un Autel de pierre sur lequel est une urne, & au-dessus duquel des mots sont écrits.)

les messieurs des choeurs vont reprendre les habits du 1er acte

ÉPPONINE., *revenant de son évanouissement.*

Où suis-je ? ici tout est tranquile !
Un silence profond regne dans cet asyle.

(*Elle se retourne & voit les effets de l'embrâsement.*)

Que vois-je ? O Ciel ! ces murs sont renversés :
Sabinus... Mais quels mots sur le marbre
tracés...

(*Elle lit.*)

» Pardonne-moi les pleurs que je te fais
répandre.
» Aux loix d'un Dieu je me soumets
» Ainsi que moi, respecte ses décrets,
» Et vis pour honorer ma cendre.

(*Elle saisit l'urne & l'embrasse en pleurant.*)

AIR.

Restes sacrés de mon Amant,
Je n'ai donc joui qu'un moment
De la plus belle destinée ;
Hélas ! complice de ton sort,
Mes vœux hâtoient notre hymenée,
Mes vœux ont avancé ta mort.

Dieux cruels, vous m'avés trahie ;
Vous n'aviés menacé que moi :
Lorſque je lui donnai ma foi,
Je crus n'expoſer que ma vie.

Reſtes ſacrés de mon Amant,
Je n'ai donc joui qu'un moment
De la plus belle deſtinée ;
Hélas ! complice de ton ſort,
Mes vœux hâtoient notre hymenée,
Mes vœux ont avancé ta mort.

Faire entrer Mucien sur la dernière mesure des 4 [de simphonie] qui termine le ~~[illegible]~~ monologue

SCÈNE CINQUIÈME.

EPPONINE, MUCIEN.

EPPONINE.

LE voilà, ce Tyran ; tiens, connois ton ouvrage. *
Cruel, à cet objet d'horreur,
Je vois quel ſentiment s'élève dans ton cœur,
Ce ſpectacle te plaît, il ſatisfait ta rage.

DUO.

Le triomphe où tu prétends
Eſt de me voir dans ta chaîne.

MUCIEN.

Le triomphe que j'attends,
Eſt de fléchir votre haîne.

EPPONINE.

Vois ton crime, vois mes malheurs.

MUCIEN.

Voyés mon trouble, mes fureurs.

* Elle lui montre l'Urne.

EPPONINE.

Vois ton crime, vois mes malheurs;
Entends cette cendre qui crie.

MUCIEN.

Voyés mon trouble, mes fureurs;
Votre vengeance est accomplie.

ENSEMBLE.

EPPONINE.	MUCIEN.
Dieu puissant, fais tomber tes coups!	Dieu puissant, détourne tes coups;
Satisfais ma haîne inflexible:	Appaise sa haîne inflexible:
Sa mort, & sanglante & terrible,	La mort, & sanglante & terrible,
Suffit à peine à mon courroux.	Me punit moins que son courroux.

FIN DU QUATRIÈME ACTE.

Epponine et faustine couvrent leurs habits d'un voile de deuil il faut un poignard a Epponine

faire placer les demoiselles des chœurs dans le ... du teatre
et toutes du même coté avec Epponine

ACTE CINQUIEME.

Le Théâtre représente les souterrains obscurs où les Princes Gaulois sont inhumés.

ritournelle de 20 mesure sur laquelle Sabinus entre

Nuit

SCÈNE PREMIÈRE.

SABINUS.

SE peut-il qu'en ce sombre asyle,
Environné d'objets d'horreur,
Mon âme éprouve un sort tranquile,
Et goûte la paix du bonheur ?

AIR.

Amour, Amour, c'est ton ouvrage :
D'Epponine la douce image
Me suit au milieu des tombeaux :
De mes ennuis, de ma constance
Ses jours seront la récompense,
Je m'applaudis de tous mes maux.

Éveille-toi, Peuple fidèle,
Peuple dans les fers endormi ;
A mon courage unis ton zèle,
Reprens une force nouvelle
Pour écraser notre ennemi.

Le monologue finit par une simphonie de six mesures après lesquelles Epponine chante derriere le teatre avançons

SCÈNE SECONDE.

SABINUS, CHŒUR, *éloigné.*

UNE VOIX.

AVANÇONS, descendons sous ces voûtes funèbres.

SABINUS.

Dieu ! quelle voix plaintive a percé ces ténèbres ?

CHŒUR, *éloigné.* ~~des femmes~~ derrière le teatre

Avançons, descendons sous ces voûtes funèbres.

UNE VOIX. idem

Cher Sabinus !

SABINUS.

O Ciel ! est-ce une illusion ?

LA VOIX.

Hélas ! de Sabinus j'atteste en vain le nom.

SABINUS.

O mon cœur! aux accens de cette voix si tendre,
Pouvois-tu te méprendre?
Epponine! courons nous jetter dans ses bras...
Quel obstacle arrête mes pas?...
Quel pouvoir inconnu m'enchaîne?...
Une invisible main vers ce tombeau m'entraîne....
O Dieu de ma Patrie, ô Dieu qui me la rends!
Si ta faveur vers moi prit soin de la conduire,
Est-ce pour la ravir à mes embrassemens?
Je te vois, Dieu cruel! Tu parles, je t'entends:
Tes ordres sont affreux, mais je dois y souscrire.

(*Il se renferme dans un tombeau qui est au milieu du Théâtre, & qui a été destiné de tout tems pour sa sépulture.*)

SCÈNE TROISIÈME.

EPPONINE, faustine *en habits de deuil,* CHŒUR *de femmes voilées, portant des lampes funèbres, des branches de Cyprès, & d'autres dons funéraires.*

sur une simphonie de 15 mesures Epponine ~~et le choeur entrea~~ entre precedée des demoiselles des choeur voilées qui se distribuent egalement de chaque coté du teatre faustine accompagne Epponine

EPPONINE.

VOICI donc le moment que j'ai tant souhaité !
Rendons à Sabinus un honneur mérité :
Quand j'aurai, par mes pleurs, satisfait à sa cendre,
Je rejoindrai l'Époux que les Dieux m'ont ôté.

(*En s'appuyant sur la tombe.*)

O toi, qui ne peux plus m'entendre !
Ciel !

(*Elle recule avec terreur & se jette dans les bras de ses femmes.*)

FAUSTINE.

Quel effroi nouveau vient encor vous
surprendre ?

EPPONINE, *après un moment de silence.*

J'ai peine à revenir de mon saisissement ;
J'ai cru, du sein du monument,
Du fond de cette tombe obscure,
Entendre s'échapper un triste & long murmure :
Le marbre sous mes mains a paru s'ébranler.

FAUSTINE.

De cette vaine erreur vous laissés-vous
troubler ?
Dieu ! Mucien !

Mucien entre seul sur ce vers

SCÈNE QUATRIÈME.

LES MÊMES, MUCIEN.

EPPONINE.

FLÉAU de ma triſte patrie,
Juſques dans cet aſyle, oſes-tu me braver ?

MUCIEN.

J'y viens de vos deſſeins prévenir la furie,
Des coups du déſeſpoir je viens vous pré-ſerver.

EPPONINE.

Toi ? qui peut t'inſpirer cette funeſte envie ?
Tu m'as fait déteſter la vie,
Et tu veux me la conſerver ?

MUCIEN.

Si j'ai fait vos malheurs, que ma main les ré-pare.

EPPONINE.

Les réparer ! Eh ! le peux-tu Barbare ?
Rends-moi donc le Héros que tu viens de trahir.

MUCIEN.

Eh quoi ! de ſon trépas, dois-je porter la peine ?

EPPONINE.

Ce fut le crime de ta haîne,
Et ma haîne doit t'en punir.
Mais je perds à t'entendre, un ſoin trop inutile.
Sors, quitte cet aſyle.

MUCIEN.

Je ne puis vous abandonner ;
Je vois votre deſſein.

EPPONINE.

Crois-tu m'en détourner ?

MUCIEN.

Oui, je le préviendrai ce deſſein homicide,
Mon cœur oſe encor s'en flatter.

EPPONINE.

Hé bien, c'eſt devant toi, perfide,
Que ma main va l'exécuter.

(Elle court vers le tombeau, le poignard à la main, prête à ſe frapper. MUCIEN la ſuit.)

SCENE

SCÈNE CINQUIÈME.

LES MÊMES, SABINUS.

SABINUS, *sortant du tombeau, & saisissant le bras d'*EPPONINE.

QUE fais-tu ?

EPPONINE.
Sabinus !

MUCIEN.
Ciel !

SABINUS.
Monstre que j'abhorre !
Oui, je respire encore,
Et c'est pour t'immoler.

(*Le combat s'engage, Mucien en combattant recule vers la coulisse.*)

EPPONINE.
Juste Dieu ! quel sang va couler ?
(*Elle sort.*)

Les demoiselles des chœurs la suivent et quittent les voiles

Le bruit de guerre commence au même instant et le changement se fait en même temps et le combat general fermer promptement les trapillons après le combat Sabinus Epponine et les chœurs ~~gaulois~~ entrent

SCÈNE SIXIÈME.

(Le Théâtre représente la place publique.)

(Bruit de guerre pendant lequel on voit les Romains défaits par les Gaulois.)

SCÉNE SEPTIÈME.

SABINUS, EPPONINE, GAULOIS.

(Lever du jour.)

SABINUS.

MUCIEN par mes coups vient de perdre la vie,
Braves Gaulois ç'en est assés,
Épargnons ces vaincus que la crainte a glacés.

(Le Génie de la Gaule descend dans toute sa gloire.)

14 mesures de simphonie lente pour faire descendre la gloire

SCÈNE HUITIÈME.

LE GÉNIE DE LA GAULE, LES MÊMES, SUIVANS DU GÉNIE.

LE GÉNIE.

J'AI conduit tes deſtins, ma promeſſe eſt remplie.
Jouis de tes ſuccès.
Et vous, par qui ma Cour eſt embellie,
Partagés les tranſports de ſes heureux ſujets,
Honorés ſa vaillance, & chantés mes bienfaits.

(On danſe.)

air de caractere
a 3 temps
air gay et vif a 2 temps
Choeur

SABINUS, EPPONINE.
Peuples vous n'avés plus de maître;
Avec l'aſtre du jour,
La gloire eſt de retour,
La liberté vient de renaître.

CHŒUR.
Liberté, liberté
Que ce cri répété,

Brave de nos Tyrans la puissance inhumaine.
Liberté, liberté
Que ce nom répété,
Soit le signal des biens que ce jour nous ramène.

BALLET GÉNÉRAL.

FIN.

www.ingramcontent.com/pod-product-compliance
Ingram Content Group UK Ltd.
Pitfield, Milton Keynes, MK11 3LW, UK
UKHW020342220726
13923UKWH00004B/1534